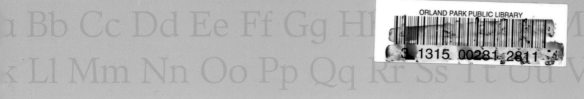

For Elizabeth
and with many thanks to Angie

Illustrations copyright © Ian Penney 1998
Text copyright © The National Trust 1998
First published in Great Britain in 1998 by National Trust (Enterprises) Ltd.,
London

ISBN 0-8109-4350-6

Designed by Butterworth Design
Edited by Morwenna Wallis
Production by Bob Towell
Printed and bound in China

Harry N. Abrams, Inc.
100 Fifth Avenue New York, N.Y. 10011
www.abramsbooks.com

IAN PENNEY'S

HARRY N. ABRAMS, INC., PUBLISHERS

Aa for apple

Bb for book

Cc for cat

Dd for duck

Ee for egg

Ff for frog

Gg for goat

Hh for honey

Ii for insects

Jj for jack-in-a-box

Kk for kettle

2812811

Ll for ladder

Mm for mouse

Nn for nut

Oo for otter

and orange

Pp for pig

Qq for queen

Rr for roses

Ss for sandcastle

Tt for tortoise

Uu for umbrella

Vv for vegetables

Ww for web

Xx as in Fox

Yy for yo-yo

Zz for zoetrope

Ian Penney lives in Great Britain, and so he has
set his delightful illustrations for this ABC in
houses, gardens, estates, and other properties
that he has visited throughout England,
Ireland, and Wales, specifically those that have
been preserved by the National Trust.

Aa Bb Cc Dd Ee Ff Gg Hh Ii Jj Kk Ll Mm Nn Oo Pp Qq
Kk Ll Mm Nn Oo Pp Qq Rr Ss Tt Uu Vv Ww Xx Yy Zz
Tt Uu Vv Ww Xx Yy Zz Aa Bb Cc Dd Ee Ff Gg Hh Ii Jj
Bb Cc Dd Ee Ff Gg Hh Ii Jj Kk Ll Mm Nn Oo Pp Qq Rr S
Ll Mm Nn Oo Pp Qq Rr Ss Tt Uu Vv Ww Xx Yy Zz Aa
Uu Vv Ww Xx Yy Zz Aa Bb Cc Dd Ee Ff Gg Hh Ii Jj Kk
Cc Dd Ee Ff Gg Hh Ii Jj Kk Ll Mm Nn Oo Pp Qq Rr Ss T
Mm Nn Oo Pp Qq Rr Ss Tt Uu Vv Ww Xx Yy Zz Aa Bb
Vv Ww Xx Yy Zz Aa Bb Cc Dd Ee Ff Gg Hh Ii Jj Kk Ll
Dd Ee Ff Gg Hh Ii Jj Kk Ll Mm Nn Oo Pp Qq Rr Ss Tt U
Nn Oo Pp Qq Rr Ss Tt Uu Vv Ww Xx Yy Zz Aa Bb Cc
Ww Xx Yy Zz Aa Bb Cc Dd Ee Ff Gg Hh Ii Jj Kk Ll Mm
Ee Ff Gg Hh Ii Jj Kk Ll Mm Nn Oo Pp Qq Rr Ss Tt Uu V
Oo Pp Qq Rr Ss Tt Uu Vv Ww Xx Yy Zz Aa Bb Cc Dd
Ww Xx Yy Zz Aa Bb Cc Dd Ee Ff Gg Hh Ii Jj Kk Ll Mm
Ee Ff Gg Hh Ii Jj Kk Ll Mm Nn Oo Pp Qq Rr Ss Tt Uu V
Oo Pp Qq Rr Ss Tt Uu Vv Ww Xx Yy Zz Aa Bb Cc Dd
Ww Xx Yy Zz Aa Bb Cc Dd Ee Ff Gg Hh Ii Jj Kk Ll Mm
Ee Ff Gg Hh Ii Jj Kk Ll Mm Nn Oo Pp Qq Rr Ss Tt Uu V
Oo Pp Qq Rr Ss Tt Uu Vv Ww Xx Yy Zz Aa Bb Cc Dd